I0548490

LA
VOIX DU PEUPLE!

OEUVRES COMPLÈTES

DE CHANSONS POPULAIRES,

De Gustave LEROY,

PARIS.

Chez ESSAUTIER, Éditeur, passage Bourg-l'Abbé, 54.

—

1844.

L'ENTRÉE DE LA CUISINE

PARODIE DE L'ENTRÉE AUX TUILERIES.

Dialogue entre un Cuisinier et un Affamé ; manuscrit trouvé dans un bonnet de coton, corrigé et mis au jour par Alexis Dalès, et dédié par ce dernier à son ami Gustave Leroy.

MÊME AIR.

LE CUISINIER.

Pour commander beffteck et côtelettes,
De par valet on *n'entre pas ici*,
Car vous pourriez marcher sur nos assiettes,
Et le patron n'vous dirait pas merci :
Au sanctuaire où le charbon pétille,
Le casque à mèche est toujours le premier :
Pauvre affamé, parlez-moi par la grille,   (bis)
On n'entre pas auprès du cuisinier.   (bis)

L'AFFAMÉ.

O Marmiton, vous m'insultez encore,
A vos bonnets je préfère un chapeau :
Pour Jeanneton que j'aime et qui m'adore
Je viens choisir un plat de fricandeau.
Donc je puis bien découvrir la bassine,
Et de rôti marchander un quartier.

LE CUISINIER.

Pauvre affamé, vous êtes en débine
On n'entre pas auprès du cuisinier. *Bis.*

L'AFFAMÉ.

Ô marmiton, lorsqu'au pâté de veille,
Tout l'atelier vint pour taper du bec.
De chaque ami qui vidait sa bouteille,
L'patron disait, ce luron-là boit sec ;
Dans vos taudis où le pochard divague.
J'ai comme vous porté le tablier.

LE CUISINIER.

Pauvre affamé, chacun son tour la blague.
On n'entre pas auprès du cuisinier.

L'AFFAMÉ.

Pour attraper et civet et giblotte,
Quand sous l'empire on manquait de chasseurs,
J'étais biffin, chaque chef de gargotte
M'admit alors parmi ses fournisseurs;
Pour vous nourrir chaque jour par la ville
J'ai promené mon corbillard d'osier.

LE CUISINIER.

Pauvre affamé, l'on devient difficile.
On n'entre pas auprès du cuisinier.

L'AFFAMÉ.

Un peu plus tard, quand vinrent les cosaques,
Quand vous cachiez turbots et champignons,
Pour s'en venger les figures à claques
Ont attaqué et mangé vos oignons.
J'ai vu le chef d'une horde barbare,
Prendre un lardon pour cirer son soulier.

CUISINIER.

Pauvre affamé, la couenne n'est pas rare :
On n'entre pas auprès du cuisinier.

L'AFFAMÉ.

Avez-vous peur, craignez-vous qu'on vous vole ?
Quoique je sois d'un appétit glouton
Jamais ma main, dans une casserole.
N'ira frustrer le bœuf, ni le mouton.
Vous m'épiez ici depuis une heure,
Un marmiton est souvent chicannier.

LE CUISINIER.

Depuis qu'un jour on m'a chippé du beurre,
On n'entre pas auprès du cuisinier.

(1) Ma grand-mère m'a assuré que ce fait est historique, je m'en rapporte à elle. (Note de l'auteur.)

LE SONGE D'AMOUR.

Air : De la Négresse.

Pourquoi ne vous vois-je qu'en songe
Ange, qui possédez mon cœur !
Je m'attriste dès que j'y songe,
Et je sens accroître ma douleur;
Je suis heureux quand je sommeille.
Là, je repose sans émoi;
Du monde, ô divine merveille !
Je vous aime pardonnez-moi.

Pourquoi me fuir ainsi, ma belle,
Sitôt que va poindre le jour,
Oubliant un amant fidèle ?
Dois-je espérer votre retour ?
Je vous cherche quand je m'éveille,
Le cœur hélas ! rempli d'effroi :
Du monde, ô divine merveille !
Je vous aime pardonnez-moi.

Si Dieu comblait mon espérance,
Oui, je serais heureux un jour;
J'aurais, pour calmer ma souffrance,
Votre main ainsi que votre amour :
Vous, dont la beauté m'émerveille,
Vous aimer n'est-ce pas ma loi !
Du monde, ô, divine merveille !
Je vous aime pardonnez-moi.

Ne rejetez pas ma prière,
O Caroline, elle est du cœur
Le plus aimant, le plus sincère,
Qui seul peut faire votre bonheur !
C'est pour vous qu'ici-bas je veille;
Recevez en gage ma foi
Du monde, ô divine merveille !
Je vous aime pardonnez-moi.   FERDINAND VAUTIER.

Imprimerie A. FRANÇOIS et Compᵉ, rue du Petit Carreau, 32.

LE SERMENT D'AMOUR.

Refrain de Mlle C..... B.....

C'est à vingt ans, femme jolie,
Qu'on doit aimer à la folie,
C'est à ton âge tour à tour
Que l'on ne doit rêver qu'amour. *Bis.*

Bis aux deux derniers vers, et bis ensuite au dernier seulement).

Épris d'une femme charmante,
Sur ma lyre je veux chaque soir,
Chère Clarance, ô mon amante !
Te redire tout mon espoir:
Et si ton cœur espère
D'être aimé sans retour,
Écoute ma prière
Je jure de t'aimer toujours.

Refrain.

Dis-moi, serait-il dans la vie
Quelqu'autre bonheur que d'aimer,
Mais que d'aimer femme jolie?
Non, nul ne saurait m'en blâmer.
Les cœurs sont faits pour plaire
Et pour jouir d'heureux jours,
Écoute ma prière,
Je jure de t'aimer toujours.

Refrain.

Le cœur tout rempli d'espérance,
Heureux je vis dans l'avenir,
Quoique par fois un doux silence
Me dit qu'il me faudra mourir,
A toi qui m'est si chère,
Je consacre mes jours,
Écoute ma prière,
Je jure de t'aimer toujours. *Bis.*

FERDINAND VAUTIER.

Imprimerie A. François et Cⁱᵉ, rue du Petit-Carreau, 32.

L'AMANT SINCÈRE.

Souviens-toi ton serment;
Si tu veux que je vive
Dans ce monde où j'arrive ,
Sans toi m'est le néant.

Ton serment je reçus
D'être toujours fidèle,
Je ne fus point rebelle,
Ne t'en souvient-il plus ?
O ma belle Clarance,
Souviens-toi de ce jour
Que tu dis : Espérance,
A toi seul mon amour !

Sans toi tout ici-bas
Vainement veut me plaire,
La reine de Cythère
A pour moi plus d'appas ;
Sois ainsi que l'aurore
Sincère en ton retour,
Reviens me dire encore :
A toi seul mon amour !

N'est-il donc plus d'espoir
Que de moi tu t'éloignes?
Tout ici me témoigne ;
Ne dois-je te revoir
Que dans la nuit profonde,
Dans l'éternel séjour ?
Quitterais-je le monde
Sans connaître l'amour?

Si je m'adresse aux cieux,
Ils ne daignent m'entendre :
C'est à ton cœur si tendre
D'accomplir mes vœux.
Adieu, frêle existence,
Il n'est plus de beaux jours.
Adieu, vertu, constance.
Et vous, chères amours.

Fidèle à mon serment.
O je veux que tu vives !
Je ne suis fugitive
Qu'à l'amant inconstant.

FERDINAND VATTIER.

Imp. A. François et Comp., rue du Petit Corbin, 22

CHARLATANISME.

(MOT DONNÉ),

Par Alexis DALÈS.

Air : Soldats d'hier marchons (de Ch. Gille).

Sur un nuage d'or,
Dans un flot de lumière,
Bonne Foi, viens encor
Habiter sur la terre.
Viens, traversant les airs,
Combattant l'égoïsme.
Crier à l'univers :
Tombe, charlatanisme !...

Viens dire à l'imposteur :
Démasque ta figure.
D'un costume trompeur
Jette au loin la dorure.
Le progrès a brisé
Le tréteau du banquisme,
Ton pouvoir est usé.
Tombe, charlatanisme !...

Ta voix portant ces mots,
Franchira l'air et l'onde.
Et d'échos en échos.
Fera le tour du monde.
L'erreur succombera,
Du pied broyant son prisme.
Chacun répétera :
Tombe. Charlatanisme !...

Pourquoi donc, sans pudeur,
Ministre de l'Église,
Des grâces du Sauveur
Faire une marchandise ?
Lorsque l'on tend les bras
A son christianisme,
Dieu donne, et ne vend pas !
Tombe charlatanisme !...

Quel que soit son autel,
Dieu de il'homme est le père ;
Vers son trône éternel
Monte chaque prière,
Le dépeindre irrité,
C'est prêcher l'athéisme ;
Respecte sa bonté,
Tombe, charlatanisme !...

Avec ame et fierté,
Frères en poésie,
Louons la vérité,
Frappons l'hypocrisie ;
Suspendons nos pipeaux
Aux lauriers du civisme,
Et chantons à propos :
Tombe, charlatanisme(1) !...

(1) Cette production a remporté le premier prix au concours ouvert
le 25 mai 1813, à l'Institut Lyrique. (*Note de l'éditeur.*)

Impr. A. FRANÇOIS et Comp., rue du Petit-Carreau, 32.

MON ŒIL.

Air : Ça m'coupe la satisfaction.

On a chanté de Lisette,
Les fredaines, les appas.
On a chanté la piquette
Et les charmes d'un repas.
On a chanté Bélisaire,
Et les malheurs de Santeuil :
Moi, pour tâcher de vous plaire,
Je vais vous chanter mon œil.

Mondor vient d'faire un voyage
Pour l' pays d' l'éternité,
Et laisse un bel héritage
A son neveu transporté.
L' cher parent feint la tristesse,
Tout en suivant le cercueil :
Son cœur nage dans l'ivresse,
Bien qu'il ait la larme à l'œil.

Certain acteur de province
Sur la scène, l'autre jour,
Sous le costume d'un prince,
Dit à l'objet d'son amour :
Tu pleures, belle Zaïre,
D'où vient donc cet air de deuil?
Parbleu, se prit-elle à dire :
Tu m'as mis ton doigt dans l'œil.

Près des dames du grand monde,
Allez conter des fadeurs.
Et si chez vous l'or abonde,
On vous vendra des faveurs.
Crésus, vidant ta cassette,
Achète un banal accueil,
Moi, dans les bras de Lisette
Tous mes plaisirs sont à l'œil.

Un jour, faisant une chute,
Une dame à ses amis,
Découvrit dans sa culbute,
Ce qui damne les maris.
Fermez les yeux, je vous prie,
Dit l'époux avec orgueil.
Sitôt un plaisant lui crie :
Souffrez que je risque un œil.

LE VIEUX CURÉ.

Air : Valse de Giselle.

REFRAIN.

Dansez, chantez, enfans frêles et roses,
Vous dont les sens ignorent les douleurs ;
En folâtrant couronnez-vous de roses,
Vous avez tout, la jeunesse et les fleurs.

Sous ce vieux hêtre où la branche en spirale,
Vient m'abriter, moi, vieux curé tremblant,
J'espère, enfans, par un peu de morale,
Vous amuser, tout en vous instruisant.

Dansez, chantez, enfans frêles et roses,
Vous dont les sens ignorent les douleurs :
En folâtrant couronnez-vous de roses,
Vous avez tout, la jeunesse et les fleurs.

Fuyez Paris, lieu des guerres civiles,
Où le bonheur est trop cher acheté,
Pourquoi chercher le tumulte des villes,
Quand vous avez printemps et liberté ?

Dansez, chantez, enfans frêles et roses,
Vous dont les sens, ignorent les douleurs :
En folâtrant couronnez-vous de roses,
Vous avez tout, la jeunesse et les fleurs.

Craignez l'orgueil, évitez la bassesse,
Du vil flatteur, désertez le drapeau :
Sur le chemin qui mène à la richesse,
On peut heurter la hache du bourreau !!!

Dansez, chantez, enfans frêles et roses,
Vous dont les sens ignorent les douleurs :
En folâtrant couronnez-vous de roses,
Vous avez tout, la jeunesse et les fleurs.

Filles, gardez votre pureté d'ange,
Fuyez ce bal, qui vous semble si beau,
En en sortant la blanche fleur d'orange
Va se faner au marbre d'un tombeau !!!

Dansez, chantez, enfans frêles et roses,
Vous dont les sens ignorent les douleurs,
En folâtrant couronnez-vous de roses,
Vous avez tout, la jeunesse et les fleurs.

Sortis des bancs des écoles primaires,
Quelques enfans chansonnent, mais hélas !
Ne vendez point vos plumes populaires,
Si vous craignez.... eh bien.... n'écrivez pas.

Dansez, chantez, enfans frêles et roses,
Vous dont les sens ignorent les douleurs;
En folâtrant couronnez-vous de roses,
Vous avez tout, la jeunesse et les fleurs.

Travaillez bien, et qu'en Dieu l'on espère :
J'ai conservé, pour aider l'indigent,
Mes deux couverts, ma vieille tabatière,
Ma grosse montre, et mes boucles d'argent.

Dansez, chantez, enfans frêles et roses,
Vous dont les sens ignorent les douleurs ;
En folâtrant couronnez-vous de roses,
Vous avez tout, la jeunesse et les fleurs.

Soyez soumis, aimez bien votre père,
N'osez jamais provoquer son courroux,
C'est un ami que ce Dieu qu'on révère,
Pour vous aimer a placé près de vous !!

Dansez, chantez, enfans frêles et roses,
Vous dont les sens ignorent les douleurs;
En folâtrant couronnez-vous de roses,
Vous avez tout, la jeunesse et les fleurs.

Mais c'est assez, allons, formez la danse,
Jeunes et vieux que chacun ait sa part :
Le vieillard doit des conseils à l'enfance,
L'enfance doit du bonheur au vieillard !!!

Dansez, chantez, enfans frêles et roses,
Vous dont les sens ignorent les douleurs ;
En folâtrant couronnez-vous de roses.
Vous avez tout, la jeunesse et les fleurs.

Paris, Imp. A. François et Comp., rue du Petit-Carreau, 32.

www.ingramcontent.com/pod-product-compliance
Lightning Source LLC
Chambersburg PA
CBHW061528170626
46811CB00004B/1894

* 9 7 8 2 0 1 9 9 2 6 9 1 5 *